遺跡の少年

四月の朝、山の牧場で、一頭の黒毛の小牛が生まれました。

小首をかしげて、お乳を飲む円らな瞳、濡れたように光る小牛の背中、母牛のまわりを跳ね回る可愛い姿。了は、もう、夢中です。

「おじいちゃん。この子牛僕に頂だい」

五年生になった了は、いつか、この小牛と別れる日が来る事はもう知っていましたが、そう頼まずにはいられません。

おじいちゃんも、心の中では、別れるは時辛いぞーと呟きながらも、つい「おお、可愛がってやらんなんぞー」と、返事をしてしまうのでした。

「ヤッター」了は、大喜び。


帰り道「お母さん、あの小牛に、なんかいい名前ない」と了。

「そうやねー、稲葉山で生まれたから、イナというのはどお〜」

「エ〜、お母さん、韓国ドラマの見過ぎ」

「駄目〜」

それから、お母さんは、ずーっと小牛の名前を考えていました。
べべ、モモ、ミルク、ユメ、カナ……。

牧場は、小高い山の上の、なだらかな草原にあって、山裾の村の人達は、自分の牛を預けたり、この牧場で働いたりしていました。了のおじいちゃんも、何頭かの牛を預けながら、この牧場で働いているのです。

学校が休みになると、了は、妹の恵と、お母さんの車に乗せてもらい、牧場に遊びに来ていたのです。

牧場には、牛の他に、山羊や、あひる、うさぎ等、いろいろ飼われていて、この町の人達も、気軽に遊びに来ては、草原を楽しんだり、可愛い動物にふれあったりして、過ごすのでした。

今日も、牧場に、了と恵みを送ってきたお母さん、牧場近くにそびえ立って、ゆっくり、ゆっくり廻っている、大きな三基の風車を見上げて、ひらめきました。

「了ちゃん、風や風、風ちゃんや」こうして、小牛の名前は「風」にきまりました。

了と恵は、学校が休みになると牧場に通い、小牛の体を拭いたり、お水をあげたり、外に連れ出して遊ばせたり、片時も、風の側を離れません。

「風」「風ちゃん、風ちゃん」と呼びかけながら、世話をしている子供達を見て、牧場で働く男達は、「そんな、鼻から息の抜けるような名前で呼んどれんの。お前はクロやの。クロ、クロ」と、小牛の頭を撫でながら、いつも、子供達をからかうのでした。


その頃、了の住む村を横切るように、新しい国道が造られました。

以前から、このあたりには、遺跡が有る事は知られていましたが、国道を造るために掘り返された場所から、又、新しい遺跡が発見されたのです。

新聞、テレビにも取り上げられ、暫く、この小さな町を賑わせました。

でも、それは、水路だったり、家の跡だったり、木材だったりで、了のお父さんは、

他の遺跡のように、鏡や埴輪が出てくれると、この村も、うんと有名になるのになー
と言っていました。

この遺跡は、了が通う学校の通学路にあったので、学校の行き帰りの子供達が、よく、柵越しに、のぞき込んだりしていましたが、黒々と掘り返された土や、泥まみれの木材が見えるだけで、他の子供達はすぐに飽きて、興味を示さなくなりました。
でも、何故か、了だけが、身を乗り出して中で作業する人達を眺め、縄文時代の人が本当に、ここに住んでいたのだろうか、何を食べて、どんな風に生活をしていたのだろうか、僕の家とこんなに近いのだから、もしかしたら、僕の御先祖様かもしれない等と、いろいろ想像するだけでワクワクして、お父さんの言うような、鏡や埴輪が出てこなくったって、やっぱり、すごい発見だと思うのでした。

そんなある日、牧場のおじいちゃんから、風が居なくなった事を知らされました。
「どこを捜してもおらんがや、なかなか見つからん」

学校から帰った了と恵は、すぐに、お母さんの車でかけつけました。

「風」「風ちゃーん、風ちゃーん」

牧場の人達も、「クロー」「クロー」と、大声で呼びかけながら、捜してくれましたが、風はなかなか見つかりません。

辺りは、薄暗くなってきて、小さな星もまたたき始めました。

「これ以上は無理や。捜すのは明日にするぞ」おじいちゃんの言葉で、皆は、牧舎に引き上げました。

「風ちゃんは、きっと見つかるよ」と、お母さんは励ましてくれましたが、二人は、しょんぼりと肩を落として、車の中でも黙ったままでした。

家に戻ると、おばあちゃんが、了と恵の肩を抱いて言いました。

「おばあちゃんにはね、何かを捜す時の、おまじないがあるがいよ。おったら返事してー、ここにおるよと教えてー、と呼びかけながら捜すが。そしたらね、不思議と見つかるがいよ。あんた達もやってみられ、きっと風ちゃん見つかるから。大丈夫、大丈夫」

と、二人を元気づけるのでした。

了は、ベッドに入ってもなかなか眠れません。

「風、おったら返事してー、ここにおるよと教えてー、きっと捜してあげるからね」

と、おばあちゃんの、おまじないをつぶやいてみるのでした。


「了さん、了さん」いつものように、柵の外から遺跡を見下ろしていた了は、知らない少年から声を掛けられました。

「私は、くぬぎと言います。今日は、私の村のお祭りなのです。是非、了さんに、遊びに来ていただきたくて、お迎えに参りました。どうぞ、私のあとに付いてきて下さい」

辺りは、ぼんやりと霞んで、今見ていた筈の家も車も見えません。

不思議な力に引かれるように、了は、少年のあとを歩きだしていました。少年のあとを歩きながら、この少年の姿は、教科書で見た、古代の人の服装や等と、ぼんやり

考えていました。


どのくらい歩いたでしょうか。急に霞が晴れて、パッと目の前が開けました。

二人は、大きな川の川沿いを歩いていました。そこに見えたのは、了が、これ迄見たこともない青い水の色、見たこともない透き通った高い空。そして、見たこともないあたり一面に揺れる草花の美しい緑の色でした。太陽の光をはね返して、きらめきながら流れる大きな川。

「この川は、小矢部川です」

「エッ、小矢部川はこんなにきれいじゃないよ」

「そう見えますか。小矢部川は、こんなに美しい川だったのですよ」

少年の横顔が、少し悲しそうに見えて、了は黙ってしまいました。

「ここが、私の村です。ようこそお越し下さいました」

少年が、にっこり笑って振り返りました。村の人達は、了が来るのを知っていたかのように、優しく迎えてくれました。

お祭りの村は、何本もの幟がはためき、お社の前には、お酒や果実が山盛りに供えられ、家々からは、薄い煙が立ちのぼり、広場では男達が、お祭りの準備に忙しく立ち働いています。


くぬぎの弟や妹達が、かけ寄って来ました。くぬぎの父と母に、背中を押されるように家に入ると、お祭りの御馳走が並び、まだまだ戸惑っている了を手招きして、くぬぎの横に座らせてくれました。

小さな子供達は、カリコリと音をたてて、木の実を食べながら、了を見ては、嬉しくてたまらないという風に、つっつき合っています。その子供達を見ていて、なんだか、いとこ達に似ているなーと思い、そういえば、くぬぎのお父さんもお母さんも、どこか、親戚のおじさん、おばさん達に似ているなーと、了は思うのでした。

外では、男の子達が集まり、川に浮かべた小舟に乗って魚捕りです。手で掬える程の沢山の魚に、了はびっくり。子供達の捕った魚は、女達の手で、焼いたり煮たりさ

れて、今夜のお祭りの膳に並ぶのです。

女の子達は、お花を集めて、お社の前を飾り、家々の戸口を飾るのです。

男の子とも、女の子とも、ワイワイはしゃぎ廻って遊ぶうち、了は、もうすっかり村の子供達と打ち解けて「くぬぎ」「了」と、呼び合うようになっていました。


村人達が、広場に集まり始めました。

お祈りが始まるのです。了も、くぬぎの家族の一人になって座ります。

村人達が、心をひとつにして唱える祈りの声は、懐かしいようにも、悲しいようにも聞こえ、神妙に頭を下げる了の心奥深くにしみ込んでくるのでした。

「さあ、これから踊りが始まるのですよ」

くぬぎのお母さんが、言いました。

長い髪に、紅い花を挿した娘達が、白い衣裳をまとって歩み出てきました。

そして、了が、これ迄耳にした事の無い、不思議な音色に合わせて、天女のように舞い始めました。

日が傾き始めた山影の村は、かがり火が一段と高く燃えさかり、火影が、娘達の舞姿を揺らして、了は、まるで、夢の中にいるようでした。

「私達には、何の力もありません。すべての神様に、感謝をささげる舞なのですよ」

くぬぎのお母さんが、小声で説明してくれました。

日も沈み、あたりが暗くなってくると、了は急に、家のことを思い出しました。

「くぬぎ、僕は、もう家に帰らなければ」

「そうですね、このあと、神様にお供え物を差し上げたら、お祭りも終わりになります」

「エッ、お供え物って！」

「そうです、あそこにつながれている、小牛です」

くぬぎの指差す方を見ると、広場のあかりから離れて、一頭の小牛がつながれていました。了は、はじかれたように、小牛に駆けよりました。

「風！風！　お前どうしてここにおるがや！」小牛も、悲しげな目をして了を見ました。

「くぬぎ、これは僕の牛や。僕がおじいちゃんから貰った牛や。お供え物なんかやない、どうしよう、助けてやって、頼む！　風を助けて！」

肩を揺すって迫る了の勢いに、くぬぎは、とても驚いた様子です。暫く、黙っていましたが、決心したようにうなずきました。

「わかりました。やってみましょう。必ず小牛と一緒にお送りします」


くぬぎは、腰の小刀を抜いて、小牛の足を縛っている木のツルを切り始めました。人の足音が近づくと、サッと、近くの茂みに隠れ、足音が遠のくと、又、飛び出してツルを切りました。木のツルはとても頑丈で、なかなか切り離す事が出来ません。大人達が、踊りや、御馳走に、夢中になっている内に、切り離さなければなりません。早く！　早く！

了は、自分の心臓の音が聞こえてきそうでした。

「切れたっ！」くぬぎが低く言いました。二人は、小牛を引きずるようにして、近くの茂みに飛び込みました。

小牛を連れて広場を抜け出すのは、とても危険でしたが、「今だっ！　こちらです」くぬぎのあとについて、なんとか、人目につかない小道に駆け込む事が出来ました。

二人は、小牛を挟むように、坂道を登って行きます。小牛は怯えて、思うように歩いてくれません。小牛を両側から、抱えるようにして進むので、二人共、ハァハァと、肩で息をしています。

でも了は、何かこの道、見覚えがある。何度か来た事のある道だ。足元もおぼつかない程暗くなってきていましたが、この道は、自分の知っている道だと感じていました。

木立の間から、広場を見下ろせる所まで、登ってきました。

松明の火が、激しく揺れています。

「気が付いたようだ、さあ、もう少し上に登りましょう」

二人は、残りの力を振りしぼって、小牛を引っぱり上げました。

突然、崖の上に出ました。

「行き止まりや！」

振り向くと松明の火があわただしく広場を走り回っているのが見えました。

「気が付いたようや。どうしよう、どうすればいい」

「大丈夫です。了さん、ここでお別れです。お会い出来てとても嬉しかったです。又、いつの日か、きっとお会いしましょう。さあ、しっかりと、小牛につかまって、目を閉じて下さい」

了には、くぬぎが何を言っているのかわかりません。

「エッ、どうするって！」

その時、松明の火が、一列に、坂を登ってくるのが見えました。

「もう時間がありません、しっかり、小牛につかまって目を閉じて下さい」

くぬぎの目には、涙があふれているように見えました。

もう、くぬぎの言うようにするしかありません。風の背中を抱きかかえ、しっかりと目を閉じました。

「さようなら」

くぬぎが、そう言ったかと思うと、了と凪は、ドン！と、つき飛ばされて、真暗な谷底に吸い込まれてゆきました。


イタタタタタ！

了は、暫く、床に転がったまま動けずにいました。シャツは、びっしょりと体に貼り付き、目も開けることが出来ません。

金縛りのように動けずにいましたが、ようやくそーっと目を開けてベッドを見上げ、夢だったのかーと、ぼんやり考えていました。


ハッと、飛び起きた了。

「お母さーん、すぐに牧場に連れてって！」と、台所へ走り込んできました。

朝の忙しい時間の中、お母さんは、エッと思いましたが、了の、思いつめたような目を見て、何かを感じたお母さん。

「おばあちゃん、ちょっと、牧場へ行ってくるのであとお願いします」と声をかけ、すぐに、車を出してきてくれました。


こんな早朝に来た二人に、おじいちゃんはびっくり。

「おじいちゃん。ほら、おばあちゃんと山菜採りに来る道あるやろ。あの道のあたりを捜してみて！」

おじいちゃんは、戸惑いながらも、了の真剣な様子に押され、すぐに、牧場の車を出してきました。

村の人達が、春に、秋に、山菜を採りに入る道は、登りつめると、ポッカリ牧場に顔を出すのです。

三人は、その道を中心に、あちらこちらのぞき込むように、風を捜しました。

「おった、おったぞー」

おじいちゃんが、二人を手招きしました。

一メートル程下った薮の中に、風はうずくまっていました。夜露に濡れ、ブルブルと震えてはいましたが、「大丈夫、大丈夫、怪我もしとらんようや」

了は、風に抱きつきました。

「風、助かってよかったな」

すぐに、牛舎に運ばれた風は、暖かいタオルで体を拭かれ、母牛の元に戻されました。

おじいちゃんは、了の肩をたたいて声を掛けました。「もう大丈夫や。心配せんと学校に行って来られ」

了達が帰ったあと、牧場に、出勤してきた男達、「よく見つかったなー、クロ」

「クロ、どうしてわかったがや」

「よかったなー、クロ」と、かわるがわる、風の頭を撫で、小牛の足にからまっているツルをほどきながら、「おかしいなー、このあたりに、藤ヅルは無いがやけどなー」

と、首をかしげるのでした。

学校からの帰り道、了は、遺跡の側に立ちました。

「くぬぎ、風を助けてくれてありがとう。あのあと、大丈夫だったー、大人達に叱られなかったー、とても心配しているよ」

別れを言う暇も無かったくぬぎに、話しかけました。

遺跡は、静まり返って何も答えてくれません。けれども、了の心には、あたたかいものがあふれ、やっぱり、この縄文遺跡に住んでいたのは、僕の御先祖様だったと、今、はっきりと確信するのでした。

了の村は、夕焼けに包まれています。

山の端にかかる、真っ赤な太陽。

あの太陽の沈むふもとには、今も、くぬぎ達の住む村があって、魚を捕ったり、木の実を集めたり、畑を耕したり、仲良く支え合って、平和に暮らしているのだと思うと、了は胸があつくなるようでした。

そして、古代の人々の、祈りの声や、歌ったり、踊ったり、笑いさざめく声が、茜色の空の中から、賑やかに、了には聞こえてくるのでした。

ひげのはえた僕

「大ちゃん、もう宿題は済んだの」

「五時からは、塾に行くんでしょう」

お母さんの声が、背中から追いかけてくる。僕は、さっき、学校から帰ったばかりなんだ。もっと、のんびりしたいよ。

窓の外は、昼下がりの日ざしが庭に広がって、八つ手の葉っぱが、時々、風に揺れている。僕は、ベッドに、ランドセルと並んだ恰好で寝ころび、ぼんやり庭を眺めていた。


「大人っていいなー、学校へ行かなくてもいいんだもんなー。もしかして、お父さんのポマードを塗ったら大人になれたりして」

僕は、面白半分で、お父さんのポマードを持ち出して頭に塗ったんだ。おまけに、口のまわりにまで塗ったんだ。

鏡の前は、プーンといい匂いがたち込めて、なんだか、いい気分になってきた。

ところが、冗談のつもりだったのに、髪の毛が、バラバラと伸びてきて、口のまわりには、ひげまではえてきたんだ。大人にはなりたかったけど、この頭と、ひげには参ってしまった。友達に会ったら、きっと、笑われるに違いない。僕だとわからないようにする為に、大人の服を着ることにした。

お父さんの作業服を、拝借する事にしたんだが、余りに服が大きいんで、ズボンの裾を曲げたり、腕まくりをしたりで大変だったが、これで、僕だとはわからないだろう。

お父さんだって、お母さんだって、大人になった僕を見たら、びっくりするだろうし、大人の僕は、この家に居る訳にはいかないんだ。僕は、しかたなく、この家を出る事にした。

通りへ出て、しばらく行くと、買物から帰ってくるお母さんに出会った。

お母さんはけげんな顔をし、振り返り、振り返り、通り過ぎて行ったが、僕だとは気付かなかったんだ。

「さようなら、お母さん」ちょっぴり悲しくなって、涙が出てきたけれど、ひげのはえた大人が泣いてはおかしいので、あわてて手の甲で、涙をぬぐったんだ。

気が付くと、大きなトラックが沢山並んでいる広場に立っていた。

僕と同じような、作業服を着た大人達が、忙しそうに働いていた。

「オイ、オイ、そんな所でウロウロしていないで、さっさと荷物を積み込んでくれないか」突然、大きな声をかけられて、僕は思わず「ハイ」と、答えてしまった。

自分の背丈程もある荷物を、「ヨイショ、ヨイショ」と、汗びっしょりになりながら、荷台に運び上げたんだ。

大人って、なんて大変なんだ。大人になるのも楽じゃない。でも、僕は、ひげのはえた大人なんだから働くしかないもんな。

「出発するぞー」と、声がかかり、僕は、助手席によじ登った。なにしろ、トラックの運転台は、すごく高くて、座るだけでも大仕事なんだ。

車は、見知らぬ町を、どんどん通り過ぎてゆく。この車は、運送会社の車だったのだ。

「ホイ！　最初の仕事だぞ」

おじさんは、サッと車から飛びおりて行った。

「荷物を届けに来ましたー」

窓からのぞいていた男の子が、嬉しそうにさけびました。「お母さーん、車椅子がきたよー」お母さんは、エプロンで、手を拭き拭き、奥から走り出てきた。

男の子は、長い間、病気の為に、ベッドで寝たきりだったのだ。だから、車椅子の来るのを、首を長くして、待っていたんだって。

「よかったね。これからは、自由に動けるんだね」

車は、再び走り出して、今度は、山の村にやって来た。

「おーい、新鮮な魚が届いたぞー」

大きな声で店の中に入ってゆき、おじさんは僕に、荷物をおろすように指示をした。

僕は、ズボンの裾をもう一度曲げなおし、腕まくりをやりなおしながら、氷のびっしり詰まった魚の箱を、店の中へ運んだんだ。

五ケースもあったので、顔を真っ赤にしながら頑張っている間、おじさんは、煙草をふかして、店の人と楽し気にしゃべっていた。

僕は、腹が立ってきたけれど、口をへの字に曲げてがまんをした。なにしろ、僕は、ひげのはえた大人なんだから……。


「さあ、出発だ」

おじさんは、次の目的地に向かって、車をスタートさせた。

今度は、赤レンガに、白い壁の、しゃれた家の前に車は止まった。

「お荷物をお届けにきましたー」

チャイムを押すと、中から優しい声がして、若いお母さんが顔を出した。

「あら、お里から、鯉のぼりが届いたのね」

そして、なぜか、僕が、その鯉のぼりを立ててあげるはめになったんだ。

ところが、風を一杯はらんで空に上った途端、鯉のぼりは、さおから離れて飛んでいってしまったのだ。

「アラ、アラ、アラ」若いお母さんは叫び、僕とおじさんは、鯉のぼりを追いかけて、一生懸命走ったんだ。

でも、鯉のぼりは、風に乗って、どんどん泳いで行くので、なかなか追いつけない。

おじさんと、僕と、若いお母さんは、ワァーワァーわめきながら鯉のぼりを追いかけたんだが、とうとう、青い空を、悠々と泳いで行ってしまったんだ。

僕とおじさんは、若いお母さんに、ペコペコ何度も謝った。そして次に、僕は、おじさんから、ガミガミと叱られてしまった。

なんでこうなるんだ。大人になるって、何て大変なんだ。

でも、僕は、心の中では、本当は少し嬉しかったんだ。鯉のぼりの鯉だって、さおに縛られているより、自由に空を泳いでいる方が、いいにきまっているもんな。

気を取り直して、おじさんと僕は、再び出発した。

「おーい。お母さんから、品物が届いているよ」おじさんは、優しい口調で、一軒の家に入って行った。

その家では、僕と同じぐらいの男の子が、洗濯機で、洗濯をしていたが、嬉しそうに、品物を受け取った。

訳があって、お母さんとは、別々に暮らしているんだそうだ。

僕は、お母さんのことを、ちょっと思い出した。少し何か言われると、「うるせーなー」なんて、口答えをしていたのが、少し、後ろめたく思えてきた。

「ゴメンネ、お母さん」僕がいなくて、心配しているだろうなー。

窓から外を見ると、少し日が傾いて、山の影が、寒々としてきた。僕は、座席の中で、無口になっていた。


車は、あかりの点いた、大きな工場に止まった。

「オイ、オイ、仕事だぞ。今度は、包装紙のつつみを、十ケもおろすんだ」

中味は紙だというのに、何て重たいんだ。

学校で使う、一枚、一枚のプリントや、ノートは、重さなんて感じないのに、この紙包みは、僕の手に負えない。

おじさんは、軽々と肩にかついで、会社の中に入って行き、僕はといえば、ヨロヨロしながら、やっとこさっとこ、一ケ、それでも荷物を運んだんだ。

なんだか、涙が、ポロッと出かかったが、どうにかこうにかこらえた。

なにしろ僕は、ひげのはえた大人なんだ。

大人になるのは大変だ。大人になるのも楽じゃない。


それからも、車はどんどん走り、何度も、荷物おろしを手伝ったんだ。

大人って、なんて大変なんだろう。でも僕は、ひげのはえた大人なんだから、ムニャ、ムニャ、ムニャ〜〜。

とうとう僕は、すっかり疲れ果てて、座席の中に、深々と眠り込んでしまった。

「おいおい、大介。風邪ひくぞ」

「ハイ！　今度は何をおろすんですか」

僕は、トロンとした目を、おじさんに向けた。作業服を着たおじさんは、よくよく見ると、なんだか、お父さんに似ている。

「なんだ、寝ぼけているのか。お母さんが、晩御飯に呼んでいるぞ」

僕は、あわてて、あごに手をやった。頭にもさわってみた。頭もあごも、つるんとして、元どおりに戻っていた。

やれやれ、大人も悪くないけれど、やっぱり、まだまだ子供の方がいいや。

僕は、心の中で、本当に、ホッとしたんだ。それにしても、お父さんのポマードには、もうさわらないようにしよう！

一本のもみじの木

遠いお山に、一本の、もみじの木がありました。秋になると、それはきれいな紅色に染まり、まわりのもみじ達に比べても、このもみじのもえるような紅色は、一段と際立って見えました。

春になり、このもみじの木の根元に、小さな芽が出てきました。

お母さんになったもみじの木は、この小さな芽に、めぐり、という名前をつけました。

お母さんもみじは、めぐりが、風で折れないように、ザアザア雨に流されないように、カンカン照りの時は、優しく枝をさしかけて影をつくり、めぐりを、大切に、大切に育てていました。

そんなある日のこと。一台の車が通りかかりました。

「まあ、きれいなもみじ。なんて美しい紅色でしょう。まるで、ルビーみたい」

車から降りた女の人が、もみじの木を見て言いました。

そして、根元のめぐりを見つけると、「きっと、このもみじと同じ、美しい色の木になるに違いないわ。家へ持って帰って植えてみましょう」

そう言って、めぐりを根っこごと掘り上げて車に乗せると、町の方へ走り去ってしまいました。

それは、アッという間の出来事だったのです。


夜がきて、お山の上に、月が昇りました。

もみじのお母さんは、空を見上げて尋ねました。

「お月様、教えて下さい。私のめぐりは、どこへ連れてゆかれたのでしょう」

でも、お月様は、静かに森の上を照らすだけで、何も答えてくれません。

もみじのお母さんは、葉っぱを、さわさわとふるわせて、その夜は、とうとう眠ることが出来ませんでした。

朝日が昇ると、

チッチッチッ。

ピッツピッツ。

小鳥達が、木の枝に姿を見せました。

「小鳥さん、お願いがあります。町へ連れてゆかれた私のめぐりを、捜してきてはくれませんか」

もみじのお母さんは、小鳥達に頼みました。

「それは心配なこと。きっと見つけてきてあげますよ」

チッチッチッ。

ピッツピッツ。

小鳥達は、町の方に向かって、飛び立って行きました。

町に着いた小鳥達でしたが、町は花や木にあふれていて、もみじの小さな苗木を見つけるのは、とても大変なことでした。

あちら、こちら、手分けをして飛び回り、とうとう、一軒の家の窓辺に、もみじの苗木を見つけました。

めぐりは、もう、小さな植木鉢に植えられて、レースのカーテンのそばに置かれていました。

チッチッチッ。

ピッピッピッ。

窓辺に舞いおりた小鳥達。

「お母さんが、とても心配しているよ」と、めぐりに伝えました。

「お母さんの所に、帰りたいよー」

慣れない植木鉢に植えられためぐりは、上手に、水を飲むことも出来ず、青白い顔をして、グッタリうなだれるのでした。

お山に帰った小鳥達は、もみじのお母さんに　めぐりが、とても寂しがっていることを伝えました。

それを聞いたお母さんは、めぐりに手紙を書きました。

そして、小鳥さん達に、めぐりの所に届けてくれるように頼みました。

早速、小鳥達は、もみじのお母さんの手紙を持って、めぐりのいる窓辺に飛んでゆき、その手紙を、めぐりの枝に結んで帰りました。

次の日も、次の日も、又、その次の日も、小鳥達は、もみじのお母さんの手紙を町まで運んでは、めぐりの枝に結んで帰りました。

小鳥達が届けてくれる手紙には、お母さんの優しい言葉が一杯つまっていて、手紙を読んでいる間だけは、お母さんとめぐりが、お山と町に離れている寂しさを、忘れさせてくれました。お母さんからの手紙は、それからも、何度も、何度も、めぐりに届けられるのでした。

めぐりが連れて来られたこの家のお母さんは、山から持って帰ったもみじの苗木のことを、やっぱり、少し気にしていました。

私が山から持ってこなかったら、この苗木は、山のきれいな空気の中で、スクスク

大きくなっていったことでしょう。

親の木から離して持ってきたのだから、私がこの苗木のお母さんになってあげなくては……。

お母さんは、この苗木だけは枯らさないようにと気遣って、心を込めて育ててくれました。

この家のお父さんも、早起きをしてカーテンを開け、小さなもみじを眺めるのを楽しみにしてくれました。

お日様一杯の窓辺で、めぐりは、だんだん元気になり、そして、スクスクと大きくなってゆきました。

ある日、もう植木鉢では狭くなっためぐりは、通りに面したお庭に、植え替えられました。庭からは、道を行き交う人達が見え、この町のことも、少しずつわかってきました。まわりには、沢山の、木や花が植えられていて、新しい友達も出来ました。

そして、めぐりは、この家の人達のことを、少しずつ好きになってきていました。

この家のお母さんを、自分のお母さんだと思おう。この家も、自分の家だと考える

ことにしようと、心の中で思い始めるのでした。

お山では、もみじのお母さんが、めぐりがだんだん元気になって、お家の人達からも可愛がられている様子を小鳥達から聞いて、嬉しいような、寂しいような気持ちになりました。

でも、めぐりのためには、お山のことを忘れる方が幸せなのだと思い、めぐりに出す手紙の数も、少しずつ減らしてゆきました。

めぐりが庭に移されて背も高くなり、しっかりとした若木に成長した頃には、もみじのお母さんの手紙は、もう、めぐりの枝に結ばれることはありませんでした。

何度も春を迎え、何度も冬が過ぎて、いつの間にか、小さかっためぐりも、今では立派な一本のもみじの木になりました。

すっかり、この町の風景に溶け込み、自分も、この美しい街並みを造り上げているという自覚と誇りも出来てきました。

もう、子供の頃のように、遠いお山のお母さんを思って、悲しむこともなくなりました。

でも、秋が来る度に、真っ赤に染まる葉っぱの色は、お山のお母さんと同じ、もえるような紅色をしていました。

朝日、夕陽を受けて、ルビー色に輝くもみじの木を見て、道行く人達は、「なんてきれいなんでしょう。本当に、みごとな紅色をしているわね」と、感心し、心打たれずにはいられませんでした。

そして、よーく見ると、葉っぱの陰に、沢山つけた種の形は、この木が小さかった頃、めぐりを元気づけようと、セッセと書いては、小鳥達が枝に結んでいってくれた、あのお山の母さんの手紙に、そっくり、おんなじ形をしているではありませんか。不思議ですねー。

子丑寅卯猫巳

ニュースキャスター　「国会中継です。令和に入って、初めてのアニマル国会です。今日は、かねてからの国民の関心事である、十二支問題が取り上げられます。

　十二支を担う者と、それに変わりたい者。それは、歴史を重んじる者と、改革を推し進めたい者との構図となり、審議は相当揺れるものと思われます。お互いの意志を尊重し合い、歩みより、令和の幕開けにふさわしい、平和な、アニマル国会になることを期待しましょう」

議長「静粛に！　静粛に！　それでは、令和元年第一回の、アニマル国会を開催致します。

　議長をつとめさせていただくのは、今年の干支である、私、猪です。本日の議題は、長年先送りされてきた、十二支問題であります。

　皆様も御存知の通り、議論に議論を重ねてきておりますが、なかなか解決を見ない難しい問題でありますが、相互理解を深めつつ、しっかり、進めていただきたいと思います。

　そもそも、十二支は、中国が発祥の地でありますが、日本に伝えられて以来、日本

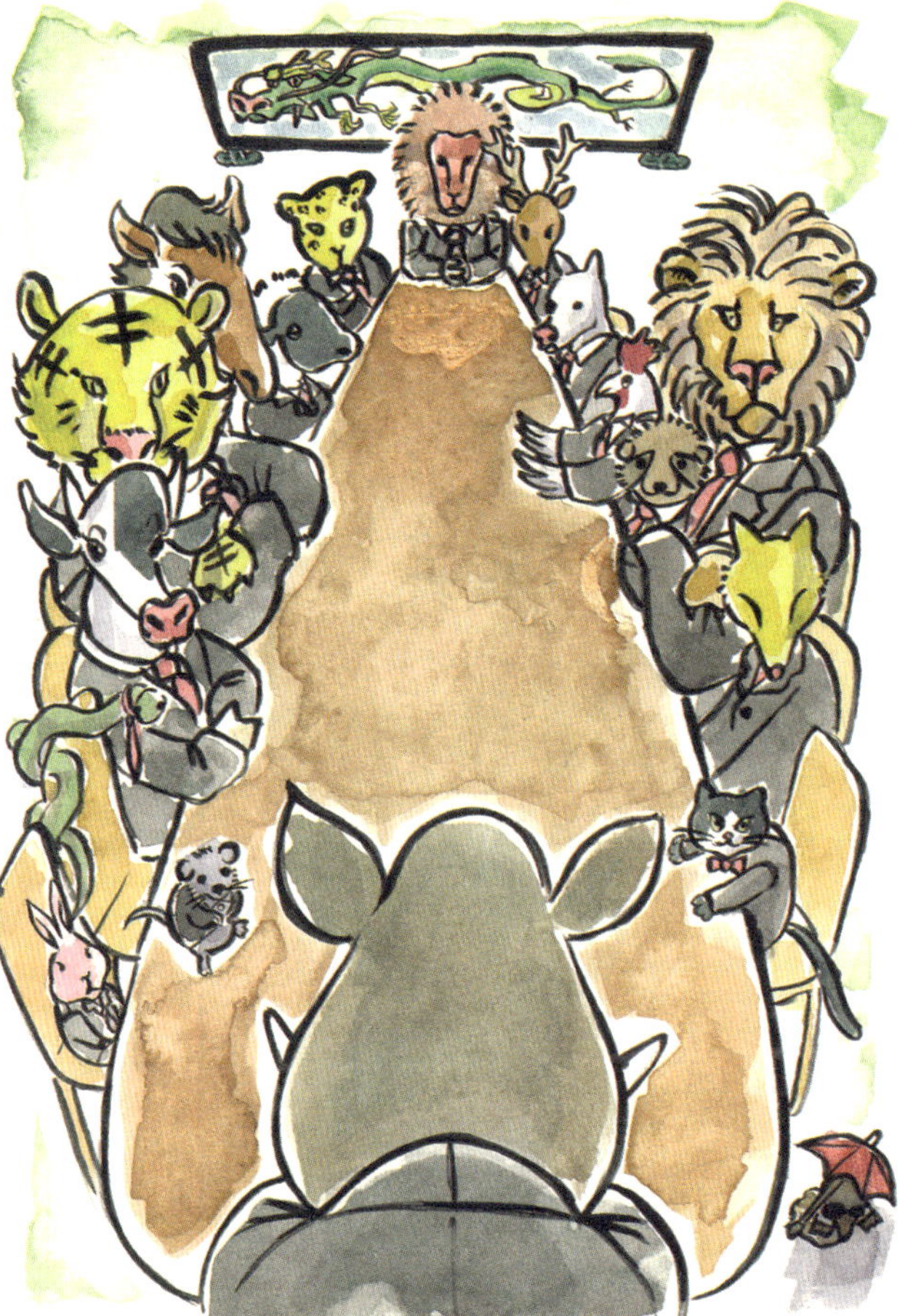

のしきたりとして、しっかり根づいております。けれども、先頃から、この十二支を改正しなければならないという意見が、多数持ち上がってきているのであります。

先ず、何故この中に猫が入らないのかという意見が、猫の間から寄せられております。その主旨を、猫議員に述べてもらいましょう。

猫議員「現在、人間界において、私共猫達が一番に可愛がられていることは、皆様もよく御承知のことと思います。

我々が人間界を支配していると言っても、言い過ぎではないのです。猫に係わるビジネスが、人間界にどれだけ貢献しているかは、私が言わなくても、皆さん、よく認識しておられることと考えております。そんな私共猫が、十二支に入っていないのは、どう考えてもおかしい事なのです」

ライオン議員「だからといって、猫が十二支に取り上げられる理由にはならんでしょう。百獣の王の面目にかけても、ライオンが入っていないことの方が最重要な問題だと我々は考えておるのだが。大体、何故、私が十二支に入っていないのか、常々疑問に思っていたのですよ」

議長「それは、中国で十二支が作られた時代に、あなたは、中国では余り知られていない存在だったから、選ばれる術が無かったのでしょう」
ライオン議員「あのチビのネズミさえ入っているんだぞ！　やっぱり、この私が居ないことは、何が何でも、承服出来るか！」
犬議員「大体、実際に存在しない龍が入っているのがおかしいのですよ。先ず、その問題から話を進めるのはどうでしょう。
龍は中国で作られた想像上の動物なんでしょう。この国会に、龍が一度だって出席したためしが無いのだし、そうゆう者が十二支に名を連ねていることが、そもそも、大きな間違いなんですよ」
議長「だが、かつての中国では、龍は、国王の象徴でもあったので、十二支には絶対欠かせない存在だったとは思われます」
鹿議員「でも、時代は移り変わっているんだ。今は、西暦２０１９年なんですよ。いつまでも、古い時代にこだわっていることの方がおかしいでしょう」
全議員「そうだ！　そうだ！」

ひょう議員「一度、無に返して、一から考え直すのはどうだろう。長年十二支を担ってきた者達に退いてもらって、新しいメンバーで十二支を編成するというのは、決して出来ない事ではないと思うのだが。
我々ひょうにしてみれば、虎が居て、ひょうが居ないのは、どうにも我慢が出来んのだ。どうでも、虎には引き下がってもらいたい」
虎議員「なにぃ！　俺様に止めろだと！　誰に向かって言っているんだ！　それに、猫なんぞ、たかだか人間のペットだろうが！　我々虎族は、いにしえの昔から、人間達の尊厳を集めているのだぞ！　猫風情が、十二支を変えようなどと小癪なことを抜かすな！」
議長「静粛に！　静粛に！　そう興奮しないで下さい」
虎議員「これが怒らずにいられるか！　ひょうだろうが、何だろうが、俺様が十二支を、黙って降りるとでも思っているのか！」
全議員「シーーン」
兎議員「こうなると、やっぱり龍にはずれてもらうのが一番のようですね」

巳議員「でも、長い歴史の裏付けがあってこうなっているのだから、それを変えるのはなかなか難しいところがあるのは確かだしな」
ねずみ議員（小さな声で）「今のまんまで良いのではないですか」
猫議員「何が今のままでいいのだ。お前が居て私が居ないのだぞ。そもそも、何でお前が居て私が居ないのか、私が知らないとでも思っているのか！」
ねずみ議員（消え入りそうに）「いや、それはー」
猫議員「一切、私の目の届く所に顔を出すな！　わかったか！」
鶏議員「お釈迦様が、みんなに集まるようにと言われた日時を、わざと、猫に一日遅らせて伝えたそうなんですよ」
牛議員「そりゃー、猫が怒るのも無理ないね」
鶏議員「だから、今でも、ねずみは猫に追いかけられているんですよ」
牛議員「親の因果が、子に報いか」
鶏議員「それとはちょっと違うと思いますがね」
狸議員「もう一度最初に戻って、メンバー全員の入れ替えというのは、いかがなものでしょうか」
羊議員「それは困ります。先祖代々、十二支を預かる家系の誇りを私の代で終わらすのは、御先祖様に顔向け出来ません」
狐議員「何が困りますだ。このままだと、一部の者だけが、名誉ある地位に立ち続けることになるではないか」
兎議員「やっぱり、現実に存在しない、龍がいることがおかしいのですよ。
　日本の元号「令和」も、中国の古典を離れて、日本の万葉集から選ばれたんだし、そろそろ十二支も、中国発祥という考え方から離れる時期が来ているんですよ」
猿議員「仮に、龍をはずすとしても、代わりに入れるのは一名だけとゆうことになりますね」
猫議員「だから、そこに、猫を入れてほしいのです」
ライオン議員「何を言っておる。百獣の王の私が入るのが当然だろう」
ひょう議員「この、優雅で、気品のある私が一番ふさわしいと思うのだが」
馬議員「なんか、どうどう巡りだね」

鹿議員「私だって、一度は、この十二支に名を連ねてみたいものですね。

ずーっと、同じメンバーが選ばれているというのは、確かに、不公平な事だと思いますよ」

もぐら議員「同意見です」

ライオン議員「何が同意見だ。お前なんざあ、動物の端くれにも含まれとらん！」

もぐら議員「ま、あなた様にはそう見えるかもしれませんが、私だって、動物は動物なんですよ」

議長「なかなか、結論は出そうにありませんね。

まあ皆様、いろいろ御意見があろうかとは思いますが、次期国会は、更に、有意義なものになります事を期待致しまして、令和元年第一回のアニマル国会を閉会といたします。皆様、ありがとう御座いました」

ニュースキャスター「国民の皆様。今日のアニマル論争をどう感じられたでしょうか。

アンケートによれば、現状のままで良いという方が、七割を超えているのですから、やっぱり、歴史の重みには、勝てないのでしょうね」

狸の掟

山あいに、小さな駅がありました。

プラットホームに立つと、向かいのお山は、手が届く程近くにあり、切り絵を重ねたような杉の木が、山の緑を、より一層深く見せていました。

駅に電車が入ってくると、杉木立の間から、狸の親子が顔をのぞかせ、よく電車を眺めていました。

狸の坊やは、電車が大好きだったのです。


夜遅く、ホームにすべり込んできた電車から、一組の家族が降りてきました。

「母ちゃん、あの人達どこへ行ってきたのかな、沢山のお土産だね」

かわいい紙バッグは、はち切れそうにふくらみ、背中のリュックからも、紅や黄色の包み紙が、顔をのぞかせていました。

「変な形の帽子だね。僕達みたいに耳がついているよ」

「ずい分、楽しかったみたいね」

ピョンピョン跳ねている子供達を見て、狸の親子は、自分達まで楽しくなるのでした。

このお山に住む狸達は、夜がふけると、線路を渡り、寝静まった村の中へとやってきます。

人間達の食料や、畑の作物を、少々拝借しようという魂胆なのです。

恐い犬に追いかけられることもあるけれど、おいしい食物にありつける魅力には勝てません。

そんなある晩、一軒の家から、明かりが漏れていました。

「信一、舞ちゃん、早く寝なさい。明日はディズニーランドに行くんでしょう」

「嬉しくて眠れないよ」

「きっと、晴れるよね」

「大丈夫、天気予報は、良いお天気だと言っていたから」

子供達の枕元には、リュックサックや洋服等が、きちんと揃えてありました。

「忘れ物は無いだろうな」

お父さんは、切符、財布と指を折り、忘れている物が無いかを、何度も確かめてみるのでした。

「母ちゃん、ディズニーランドってどんな所だろう。きっと、とっても楽しい所なんだよ。僕も行ってみたい」

「それは無理よ。あんたは狸なんだから」

「どうして人間は行けるのに、僕は行けないの」「だって、狸だからよ」

「狸だって行ってみたいよ。きっと、きっと、とっても楽しい所なんだよ。だって、嬉しそうに電車に乗って行くのを、何度も見たもの」

子狸は、しょんぼりと、母さん狸のあとを付いてくるのでした。

「どうして狸に生まれてきたんだろう。僕、人間に生まれたかったよ。そしたら、電車にも乗れるし、ディズニーランドにも行けたのに」元気なくうなだれる子狸を見て、母さん狸は、息子がいとおしくなりました。でも、人間の世界は、それは恐ろしい所だと聞かされていたので、そんな事が出来る筈もない事を、母さん狸はよく知っていたのです。

それなのに、母さん狸は決心をしました。たった一度だけ、息子に夢を見させてあげよう。


「お前、帰ってくる迄、絶対、狸に戻らない覚悟が出来る」

「出来るよ。絶対、狸に戻らない」

母さん狸は、息子に、魔法をかけました。

なんと、子狸は、かわいいショルダーバックに変身したのです。

母さん狸は、信一と舞ちゃんの荷物の中に、子狸ショルダーを、そっと紛れ込ませました。「気をつけて行ってくるんだよ。くれぐれも狸に戻っちゃ駄目だよ」

朝になりました。

駅に向かう信一の肩には、しっかり、子狸のショルダーがかけられています。

お山には藤の花が咲き、早朝のひんやりとした空気の中、みんなを乗せた電車は、ホームを静かにすべり出しました。

子狸は、いつも、母ちゃんと見ていた大好きな電車に、生まれて初めて乗ったのです。

子だ抜きは、目だけをキョロキョロ動かして、窓の外を、飽かずに眺めていました。

電車は、森や林、鉄橋やトンネル、箱庭のような美しい景色の中を走り抜け、やがて、ビルが建ち並ぶ大都会へと入ってゆきました。


さあ、ディズニーランドです。

潮風が吹いて、空が広くて、お花畑には、お花が一杯。

こんなに沢山の人間を見たことが無い！


「あっ、ドナルドだ！」

「グウフィーもいるよ！」

信一と舞ちゃんは、ドナルドに駆けよりました。ドナルドも、信一達を抱きしめてくれました。子狸ショルダーも一緒に、ギュッと、ドナルドに抱きしめられたのです。まだ、ディズニーランドに入ったばかりだというのに、子狸は、もうドキドキです。


「先ずは腹ごしらえだ」

お父さんの号令で、皆は、レストランに入りました。

えーっ。僕は食べられないね、子狸は、皆がおいしそうに食べている間、ゴクリと唾を飲み込んで、グッとがまんです。

「う〜ん。おいしそうな匂い」


「さて、どこから廻ろうか」

お父さんは、パンフレットを広げて、右を見たり、左を見たり。

キャーッという叫び声が聞こえてきた。

険しい岩山を、すごいスピードでかけ降りてくる鉱山列車が見えた。

「僕、あれに乗りたい。折角来たんだもん」

と、信一が言った。

「お母さんは恐くて乗れないわ。舞とここで待っているから、お父さんと乗ってきて」

「大丈夫だよ。お母さん一緒に乗ろうよ。一緒じゃなかったらつまらない」

子狸ショルダーは、僕こそ下で待っているよと言いたかったが、とうとう、皆で、この恐い鉱山列車に乗る事になった。


すごいスピードで岩山を昇り、すごいスピードで岩山をかけ降りる鉱山列車。

子狸ショルダーは吹き飛ばされそうになって、信一の首にしがみついていた。

「苦しーっ！」

誰かが、しっかりしがみついている。そして柔らかいふわふわしたものが、ペタリと顔に貼りついている。

列車が止まった時、子狸ショルダーは、尻尾を出して、半分狸に戻っていた。

大慌てで、ショルダーバックに戻った子狸だったが、信一は、気がついてしまったのだ。ショルダーにしてはなんだか重たいとは思っていたが、子狸が化けていたのか。狸が化ける話は聞いたことはあるが、まさか、まさか、本当にそんなことがあるとは……。村の中では、藪に走り込む狸をよく見かけていたので、狸にはびっくりしなかったが、でも、目を回して、グッタリしている子狸を見て、信一は、くすりと笑ってしまった。そして、慌てて、ショルダーに戻ったのを見て、もう一度くすりと笑った。

だまされてやろう。

信一は、あらためて、ショルダーをかけなおした。

舞ちゃんが、ミニーちゃんの帽子を買ってもらいました。子狸が、変な形の帽子だと思ったあの帽子でした。舞ちゃんが、嬉しそうに、ずーっとかぶり続けているのを見て、子狸は、ホームで、ピョンピョン跳ねている子供達を思い出した。

そうなんだ。そんなに嬉しいんだ。

大きな川を一周する蒸気船に乗りました。信一が、舟べりから身を乗り出して、シヨルダーバックが、フラリとぶら下がる形になった。

ヒエーッ。真下は川だ！

子狸は、信一の脇腹にしがみついた。

舞ちゃんのために、メリーゴーランドにも乗りました。

ミッキーと一緒に、写真も撮りました。

お土産も、沢山買いました。

ディズニーランドに居ると、なんだか幸せに包まれている感じがして、子狸は、自分が狸であることを忘れてしまいそうでした。

最後に、皆で、もう一度レストランに入りました。

信一は、ショルダーバックの中に、そっと、食物をしのばせてくれました。

飲みやすいようにストローをさして、冷たいジュースも差し入れてくれました。

さあ、ディズニーランドともお別れです。日が暮れてなお、人であふれている都会の駅を出発した電車は、ガタンゴトンと優しいリズムを刻みながら、この家族を、山あいの、小さな駅に送り届けてくれました。

今日一日の興奮と、今日一日の軽い疲労感で、皆は、コックリコックリ夢の中です。でも、信一だけはおちおち眠ってはいられません。

膝に置いた子狸ショルダーが、時々軽いいびきをかくので、「おいおい、狸に戻るなよ」と、子狸を揺すります。

子狸の体温が、信一に伝わってきます。

もうすぐ、お別れだね。

ホームに降り立ったのは、信一達の家族だけでした。

薄暗いホームの建物の影に、ピカッと金色に光る二つの目を見つけた信一は、お母

さん狸が迎えて来ているのだと思いました。そして、ショルダーの中に、ミッキーの帽子や、ポップコーンを詰めて、ホームのベンチの端っこに、ショルダーを、置き忘れてゆきました。


「母ちゃん、僕、人間の友達が出来たんだよ、とても優しくしてくれたんだよ」

「ディズニーランドは、もう、説明出来ないくらいすごかったんだよ」

「母ちゃん。これ、ミッキーの帽子だよ」

子狸が話かけているのに、母ちゃんは返事をしません。

母ちゃんは、振り向きもしないで、どんどん先へ行ってしまうのでした。

「母ちゃん、怒ってるの」


それから数日して、狸の親子の姿は、山の上の日当たりのいい草むらの中にありました。母さん狸は、信一達の住む村を見おろしながら、子狸の頭を優しく撫でています。

でも、母さん狸は、あれから余り口を利きません。母さん狸は、自分自身に腹を立

てていたのです。


狸の掟を破って、子狸に魔法をかけてしまった事。

そして、人間界に送り出した事を、どれだけ後悔したことか。

もし、狸だとわかったら、どんな目に遭わされるだろう。子狸が元気で帰ってきた顔を見る迄、母さん狸は、身が縮まる程の心配を味わったのです。

母さん狸は、もう二度と、狸の掟は破るまいと、堅く心に誓うのでした。

けれども、心の中のもう一方では、あんなに嬉しそうに話をしてくれる息子を見ていると、自分のしたことは、間違いではなかった、とも思うのでした。


山の上には、心地よい、初夏の風が吹き、狸の親子は寄り添って、目の下の、小さな駅を見ていました。

駅には、何事も無かったかのように、今日も、何本も何本も、電車が通り過ぎて行くのでした。

星の子ユッピと人魚姫の冒険

本当は、お星様は、昼間でも出ているんですよ。

只、人間の目には見えないだけ。

お天気のいい日には、星の子供達が、雲の端っこに顔を並べて、よく地球を見ているんです。

「ほら、あの青くて、広い広い所が海だよ」

「緑が一杯の所は山だね」

「くねくねと曲がって光っているのが川だ」

白い道路に沿ってとびとびにある村や町は、色とりどりの宝石を寄せ集めたよう。

「地球って、本当にきれいだね」


でも、星の子供達は、いつも言われているんです。絶対、雲の端っこには近づかないようにと。でも、子供達は、そのことをつい忘れてしまいます。ほらほら、余り身を乗り出しちゃ危ないよ。アッ！　アッ！　危ないと言っているのに。

あらーっ、一人が、地球に落ちていってしまいました。

ユッピは、もっと眠っていたいのにと思っていました。でも誰かが、ペロペロと顔を舐めています。「大丈夫かい」「気が付いたようだね」

そおーっと目を開けると、沢山の牛達がのぞき込んでいた。

そうだ……僕は……空から……落ちたんだ。

幸い、ユッピが落ちたのは、柔らかい干し草の上でした。親切な牛達のおかげで、すっかり元気を取り戻したユッピは、牛舎の外に出られるようになりました。

牧場の夜の空には、数え切れない程の星がまたたき、ユッピは、その中に、お父さん星と、お母さん星を捜しました。

その頃、星の国でも、ユッピの両親が、必死で、ユッピを捜していました。

チカチカッ！

チカチカッ！

地球から光を送り続けているのは、ユッピではありませんか。二人は、手を取り合って喜びました。

「ユッピ、三日月船を出すから、その町の一番高い所で待ちなさい」

「ユッピ、良かったわね。牛さん達によく御礼を言うのよ」お母さんは、もう涙声です。


その晩、牛達が、ユッピに言いました。

「君に頼みたい事があるんだ。この牧場のすぐそばの池に、人魚姫の像が置かれている。故郷は、遠い遠い北の海というんだが、私達は、人魚姫を、両親や姉さん達の所に帰してあげたいと思っている。でも、我々の力ではどうする事も出来ない。そこで、君の力を借りたいのだ」

人里離れた池のほとりにポツンと置かれている人魚姫を、この牧場の牛達や、池の魚達は皆、かわいそうにと思っていたのです。

「君ならきっと出来る！」と言ってくれた牛達の言葉を信じ、ユッピは、人魚姫を、故郷の海へ送り届けてあげようと決心するのでした。

「ユッピ。三日月船が見える。すぐここを出発しなさい。人魚姫の像は、牧場を下って行けばすぐに見つかる。この町で一番高い所は「風の塔」というタワーだ。三日月船はきっとそこに着いている筈だ。さあ急ぎなさい」

ユッピは、あわただしく、牛達に別れを告げて、牧場をあとにしました。

岸から伸びた枝が、辺りを一層暗くして、シーンと静まりかえった池のほとりに、金髪の少女が、一人さみしく眠っていました。ユッピが立つと、池は真昼のように明るくなり、少女はびっくりして目を覚ましました。

「驚かないで」

ユッピは、これ迄のことを話しました。そして、人魚姫を故郷の海まで送りたいと思っていると話しました。

ユッピの話が終わるや、人魚姫は、ザブン!と水しぶきを上げて水の中に飛び込みました。

「さあ、私の背中に乗って下さい。風の塔に急ぎましょう」

人魚姫は、グングン泳ぎ出しました。池の魚達も、川の魚達も、一斉についてきます。人魚姫の背中にしがみついたユッピは、もう全身びしょぬれです。

三日月船は、煌煌と光を放って、風の塔の上で待っていてくれました。

人魚姫は、水から離れることは出来ません。ユッピは、魚達に、人魚姫を守ってついて来てくれるように頼みました。

ユッピを乗せた三日月船は、風の塔を離れ、静かに出航してゆきました。

三日月船に先導されて、魚達と川を下ってきた人魚姫は、夜明けには、海に臨んだ広い河口に出ました。

「このあとは、海の魚達に君のことを頼んでおくからね。きっと、無事に両親の所に帰るんだよ」

いつも優しくしてくれた魚達は、手を振りながら引き返してゆきました。

「皆さん、本当にありがとう」


海で生まれた人魚姫は、朝日にきらめく波間をくぐりながら、初めて、楽しそうに泳ぎました。海の魚達も集まってきて、とうとう故郷の海を目指して、ユッピと、人魚姫と、魚達の、はるかな旅が始まったのです。


「このまま、南下を続けるよーっ！」

ユッピの声が空から伝わり、人魚姫達は、緑にけむる陸地に添うようにして、南へ、南へと進みます。

魚達は、漁船のしかけた網を上手にかわし、狭い海峡を渡る時は、客船に見つからないように、深く、深く、深くもぐって進みました。沈んでいる難破船を見かけた時は、人魚姫の手を引っぱるようにしてかけ抜け、「あれは、幽霊船だから近づかないように。いつのまにか引き寄せられてしまうんだよ」と、教えるのでした。

太陽が昇ると泳ぎ、夜は、波間を揺らして射し込んでくる三日月船の光に守られて、眠りにつきました。

太陽が、じりじり照りつける、あつい海に出ました。

そこでは、赤や、黄色や、水色のおしゃれな魚達も集まってきてくれました。

嵐にも遭いました。海は大荒れ、激しい雨が海面をたたき、黒雲が三日月船を押し流して、ユッピの声も届かなくなり、人魚姫達は、海の底に身を寄せ、嵐がおさまるのを待つのでした。


「鮫の群が来るぞーっ！　そっちへ行っては駄目だーっ！」

ユッピの声が響き渡りました。魚達がすばやく進路を変えようとしたその時、人魚姫は、一匹の鮫に、腕をくわえられてしまったのです。

「あ〜〜！」

人魚姫は激しく揺さぶられ、気を失ってしまいました。

魚達は、真っ黒のかたまりになって鮫を襲いました。けれども、鮫は引き下がりません。魚の集団は、大きな怪物のようになって、何度も鮫に攻撃を繰り返します。流石の鮫もたまらず、人魚姫を離してしまいました。けれども、人魚姫は、揺らり、揺らりと波間を漂うばかりで、すっかり弱り切ってしまいました。

魚達は、人魚姫を小さな島影に休ませました。

「元気を出して」

「故郷の海はもうすぐだよ」

皆で元気付けようとしましたが、長い旅の疲れと鮫に受けた傷に、人魚姫はすっかり気力を失っていたのです。

「さあ、この海を抜ければ、君の国へはもう一息だ、元気を出して！」

かもめ達も、空から舞い降りてきて声をかけました。けれども人魚姫は泳ぎ始めることが出来ません。

三日月船も、空の上に停泊して、静に人魚姫を見守っています。

その時、オリーブの香りが漂う島のどこからか、幼子をあやすお母さんの声が聞こえてきました。

「ママー。ママー」と呼ぶ、子供の声も聞こえてきます。

お母さんが優しい声で、子守歌を歌い始めました。「ルルル〜〜。ララ〜〜」

母と子の楽しそうな声を聞いている間に、人魚姫の体の中には、不思議な力がわいてくるのでした。


「進路を北にとるよーっ！」

魚達は、人形姫に合わせて、ゆっくり、ゆっくり進み始めました。

海原は、水がだんだん冷たくなり、海の色も深く、碧く澄んできました。

そして、とうとう人魚姫は、故郷の海に辿り着いたのです。

人魚姫のお父さんとお母さんは、人魚姫が帰って来た事が信じられません。

「こんなに傷ついて……」

お母さんは、人魚姫を抱いて泣くばかりでした。


無事、人魚姫を送り届けたユッピは、星の国へと出発です。

人魚姫のお父さんやお母さんやお姉さん、人魚姫や魚達がいつまでも手を振る中、三日月船はだんだん遠くになり、そのうち見えなくなってゆきました。


ある晩、ユッピが去った牧場では牛達が、人魚姫が去った池では魚達が、満天の星空からユッピの声を聞きました。

「僕も、人魚姫も無事、お父さんとお母さんの元に帰ることが出来ました。皆さんのおかげです。本当にありがとう」

そして、キラキラッ！　キラキラッ！と光を放つ、小さな星を目にしたのです。

さあ、ユッピと、人魚姫と、魚達の、地球大冒険が終わりました。

でも、この大冒険に、人間達は誰一人気付きませんでした。

でも、君達は知っているよね。

真っ白の、ふわふわ雲の端っこに顔を並べてこちらを見ている星の子供達がいることを。

「ユッピ。地球ってどんな所だった」

「うん、とってもすてきな所だったよ」ってね……。

杏純ちゃん
沢山のすてきな絵をありがとう。
孫と一緒に本を造れたことに
感謝しています。

櫻井寿美子

遺跡の少年

2019年11月22日 初版発行　定価 1,000円+税

著　者　櫻井寿美子
絵　櫻井杏純
発行者　勝山敏一

発行所　桂書房
〒930-0103 富山市北代3683-11
電話 076-434-4600
FAX 076-434-4617

印刷／モリモト印刷株式会社

ISBN 978-4-86627-074-6

地方小出版流通センター扱い